差别诗丛

晚

宴

老刀 著

中国青年出版社

老刀 原名曹鸿涛，1980年出生于安徽无为。曾供职《工人日报》《竞报》等多家媒体。出版有长篇历史笔记《老子博客》《大明风物志》《也曾笑看吴钩》等。

差别诗丛

内部已千差万别

——"差别诗丛"6位诗人的精神地景

◎ 霍俊明

　　我喜欢来自于一代人内部的差异性。

　　王原君、杨碧薇、老刀、白木、泽婴、紫石这6位诗人唯一的共性就是都出生于上个世纪80年代。我想到杨碧薇小说《另类表达》中的一句话："我做了很多凌乱的梦。我梦到八十年代了。"而我并不想把他们共同置放于"80后"这一器皿中来谈论——尽管这样谈论起来会比较便利，但是也同样容易招致别人的诟病——我只想谈谈他们作为"个体"的差异性的诗歌状貌。当然，这一"个体"不可能是外界和场域中的绝缘体，肯定会与整体性的当下诗歌语境、生存状况以及吊诡的社会现实情势联系在一起。他们的背后是山东、云南、湖南、安徽、内蒙古、陕西等一个个省份，而他们不一样的面影背后携带的则是个人渊薮以及这个年代的"怕"与"爱"——"二十四节气像二十四个／不同省份的姑娘／中秋大约来自山东"（王原君《中秋》）。

一

这6本诗集的推出得归功于王原君，实际上这个出版计划已经推迟了一段时间了。今年4月底，在北京去往江南的飞机上，刚一坐定，突然有人叫我的名字，抬头一看原来是王原君。下飞机分别前，我们再次谈到了这套诗集出版的事情。

王原君——"我有一把一九八三年的左轮手枪"。这是一本黑夜里的"灰色自传"。王原君原来用过另一个笔名麦岸，实际上我更喜欢麦岸这个名字。当时他从山东来北京没多久，2011年我读到了他的一本自印诗集《中国铁箱》——"搭乘今夜的小火车／我路过你们的城市与喘息／像天亮前消匿的露水／阳光，曾是我们共同的背景／但内部已千差万别"。火车、城市，已经成为这个时代最重要的媒介和空间，灰色或黑色的精神体验必然由这里生发。我喜欢"内部已千差万别"这句话，用它来做本文的题目也比较妥当。

王原君的诗人形象一度让我联想到一个落寞的"革命者"——更多是自我戏剧化和反讽的黑色腔调。王原君是同时代诗人中"历史意识"或确切地说是个人的历史化以及现实感非常突出的。这让我想到的是诗歌对于他这样的一个写作者意味着什么——
"资本时代的救赎"（《北京情话》）、"连悠远
的祖籍也丢了"（《冬至》）。这是历史在自我中
的重新唤醒与再次激活。资本的、现实的、超验的、
农耕的、速度的以及怀旧的、个人的、情欲的、批判的，
都以不同的声部在诗歌中像白日梦一样纷至沓来。
有时候读王原君的诗我会想起另一个山东诗人——
江非。王原君的诗有力道，看起来并没有多少微言
大义的晦涩，也并没有像同时代人那样浸淫于西方
化缠绕怪异的意象森林，而更多是个人化的发声且
不失尖锐，甚至有些诗是粗砺的、迅疾的、僭越的（比
如"旗帜和尿布，产自同一厂房"），尽管王原君
的诗不乏意象化和象征性，甚至有些诗从词语到意
象都非常繁密——这建立于那些细微可感的生活场
景和具有意味的历史细节之上。王原君很多的诗具
有自忖性、争辩感，而二者都具有强烈的反讽精神。
这既直接指向了自我体验，也直接捶打着现实与历
史交替的砧板——而这一切都是经由那些简洁而不
简单的语句说出。实际上诗人凭借的越少，反而更
需要难度和综合性的写作能力。显然，王原君已经
过了单纯借用"修辞"说话的写作过程。王原君的诗，
我更感兴趣于"时代""历史"与"个人"不明就
里或直接缠绕在一起的那部分——个人化的现实感
和个人化的历史想象力。尤其是这一"个人化的历
史"涉及到"身体""器官"以及更为隐私的体验
和想象的时候就具有了不无强烈的戏剧性和存在的
体温。这方面的代表作是《南方来信》《塑料旅店》
《深夜的革命者》——穿越时间和空间的面影让人

不免有错乱之感，但是这种并置显然也增加了诗歌的"现实"复杂性以及历史感。再进一步考量，我们可以将王原君的诗放置在整个中国的"北方"空间来考察，限于篇幅笔者在此不做具体阐释。这些诗既是生命的面影，也是现实的冷暖对应与内在转化。这样的诗就有了个体生命的温度，具备了历史与现实个人化相互打通的再度"发现"。与此相应，王原君的诗具有"互文"的对话性，他的诗中会叠加、复现那些各种各样的异域空间和人物——显然这是精神主体的对位过程。王原君的诗不乏日常与隐喻化的"爱"的能力（比如代表性的《我的低温女孩》《海的女儿》《我一再写下少女》《给一个女孩写信》《青春期》），这近乎本能性地还原了诗歌"青春期"的"个人"功能。与此同时我在更多的年轻写作者那里看到了他们集体地带有阴鸷面影地说"不"，否定、批判甚或偏激有时候会天然地与青年联系在一起，但是也必须强调的是诗人不能滥用了"否定"的权利，甚至更不能偏狭地将其生成为雅罗米尔式的极端气味。实际上诗歌最难的在于知晓了现实的残酷性还能继续说出"温暖"和"爱"。这让我想到的是亚当·扎加耶夫斯基的那首诗——"尝试赞美这残缺的世界"。

二

　　四月的蔷薇在医院的墙上盛开，这似乎是一个不小的悖论。杨碧薇在写作中的形象更像是俄罗斯套娃。实际上诗歌只是杨碧薇的一个侧面，她是一个在文学的诸多方面（甚至包括非文学的方面）都正在尝试的写作者。这是在不同类型的文本中对自我世界的差异性确认。杨碧薇自印过一本封面艳丽的诗集《诗摇滚》，这恰好暗合了我这样一个旁观者对她的诗歌印象，尽管在湘西沈从文的老家见过面，但基本上没有任何交流。《诗摇滚》的封二、封三和封底都是她形形色色的照片。那么这对应于诗歌文本中的哪一个杨碧薇呢？——"整日整夜打架子鼓，祈愿爆破生活，／用自我反对，来承认自己。"杨碧薇是基督徒，这种精神主体也对应于她的写作吗（比如她的硕士论文研究的就是穆旦的写作与基督教的关系）？由此，"流奶与蜜之地"也是这个诗人所探询与感喟的。

云南尤其是昭通近些年盛产出了很多优秀的年轻诗人，甚至其中不乏个性极其突出而令人侧目的诗人。杨碧薇，就是其中一个，而且她的名气在业界已经不小。前不久在鲁迅文学院和敬文东一起上课，饭间他半开玩笑地说自己现在很有名是因为很多人知道自己是杨碧薇的老师。杨碧薇是一个在现实生活版图中流动性比较强的人，这种流动性也对应于她不同空间的写作。从云南到广西、到海南、再到北京，一定程度上从经验的开阔度而言对于诗歌写作是有益的——青春期的日记体写作以及精神成人的淬炼过程。阅读她的诗，最深的体会是她好像是一个一直在生活和诗歌中行走而难以停顿、歇脚的人。杨碧薇是一个有文学异秉的写作者。2015年她还获得了一个"地下"诗歌艺术奖。对于这个奖我不太清楚来由，但是"地下"显然是这个时代已经久违的词。或者说"地下""先锋""民间""独立"在这个时代仍然还被稀稀落落地提及，但是已经物是人非、面目全非——而酒精和摇滚乐以及诗歌中那些面目模糊的"地下青年"更多的时候已经被置换成了后现代装置艺术的一个碎片或道具。试图成为广场上振臂一呼而应者云集的精英或者在文学自身革命的道路上成为马前卒都有些近乎前朝旧事和痴人说梦。而正是由此不堪的"先锋"境遇出发，真正的写作者才显得更为重要和难得。一定程度上，杨碧薇是他们那一代人当中的"先锋"，起码在写作的尝试以及写作者的姿态上而言是如此。这一"先锋性"尽管同样具有异端、怪异、少数人的色彩，但是杨碧薇也承担了一个走出"故乡"后重新返观自我和故地的"地方观察者"，尴尬与困境同样在她这里现身——"别处的暮色比故乡大"。"只想在诗里提出问题，那些在时代的瞬息万变中，被轻而易举地湮没的问题"，从这点上来说，诗人就是不折不扣的"问题青年"。我们不要奢望诗人去用行动解决社会问题——诗人在世俗的一面往往不及格，他们更重要的责任在于"提出问题"。

杨碧薇的诗长于繁密的叙述，其诗大胆、果断、逆行，也有难得的自省能力，她能够做到"一竿子捅到底"——无论是在价值判断上还是在诗歌技术层面。她敢于撕裂世相也敢于自剖内视，而后者则更为不易。我喜欢杨碧薇诗歌中的那份"不洁"——但是极其可悲的是诗歌中的"不洁"在阅读者和评论家那里很容易将之直接对应于写作者本人。这种可悲的惯性几乎成了当代中国特色的阅读史。女性写作很容易走向两个极端。一个极端是小家子气，小心情、小感受的磨磨唧唧且自我流连，甚或把自己扮演成冰清玉洁纤尘不染的玉女、圣女、童话女主角般的绝缘体；另一个极端就是充满了戾气、巫气、脾气、癖气、阴鸷、浊腐之气的尖利、刻薄与偏执。女性诗歌具有自我清洗和道德自律的功能与倾向，这也是写作中的一个不可避免且具有合理性的路径，但是对于没有"杂质""颗粒""摩擦"和"龃龉"的"洁癖诗"我一直心存疑虑，甚至一定程度上它们是可疑的。由此我喜欢杨碧薇诗歌中的那些"杂质""颗粒""矛盾""不洁"甚至"偏执""放任"。但是，反过来这种"不洁"和"杂质"必须是在诗歌文本之内才具有合理性，更不能将之放大为极端的倾向。杨碧薇具有写作长诗和组诗的综合能力，对于青年诗人来说这意味着成熟的速度和写作前景。而杨碧薇的长诗《妓》还被人改写成小说在"额荡"微信上连载。这种写作的互文性不无意义，至于达到什么样的文学水准则是另一回事。在杨碧薇的诗里我看到了一个个碎片，而她一直以来只在重复着做一件事——将一些碎片彻底清除，将另一些碎片重新粘贴起来。

三

诗人有道，道成肉身，以气养鹤，或许这是另一个时代的朱耷或徐渭。这也许说的就是白木。但是，这也许正是一个"焚琴煮鹤"的时代！

我很喜欢白木诗集的名字——《天上大雨》。

这自天而降之物直接对应了人作为万物之一与空间的本能性关系。而该诗集开篇第一首诗的第一句就是"雨落大佛顶",自然之物又具有了人的重新观照和精神的淬洗。实际上,诗歌中的"神性"不仅在当下是暌违的词,而且在一个后工业时代谈论神性多少显得如此不合时宜、令人不解。而从诗歌内部来说,"神性"如果不能真正转化为内心的精神自我就很容易成为极端高蹈自溺的危险——这是同样一种"语言的世故"。但是,具体到白木而言,诗歌已经成为他精神修习的淬炼过程。正如他的诗句所昭示的一样,"诗人应当学会乘鹤"。那么"佛""寺院""教堂""山水"作为重要的精神场域在他的诗歌中就具有了合理性和可信度。当然从美学上考量这一类型的诗是否具有有效性则是另一回事。白木这些与此相应的极其俭省的"小诗"让我想到的是佛偈,是因果、轮回、生死、幻化、挂碍和了悟的纠结。但这样的诗无论是从这一类型的诗歌传统来说还是从诗人所应具备的特异能力来说其难度都是巨大的。白木的诗有生命体验,有玄想,有超验性。尤其是超验性通过借助什么样的诗歌内质和外化的手段来得以有效呈现是诗人要考量和自我检视的。由这一类型的诗歌继续推进和拓展,我们会注意到白木的很多诗都具有极其俭省和留白的意味,这是朴素,也是难度。一首诗的打开度既与诗人的语言有关,又与对诗歌本体的认知相通。白木的诗是直接与时间的应和,生死一瞬,草木一秋,有焦虑,有追问。在其诗中时间性、存在感的词语和场景的出现密度极高,甚至有的诗直接以"生命""死亡""时间""现世""来世""墓志铭"做题。
值得细究的则是就时间向度来看白木的诗歌时间更
多还是依从于农耕时代的时间法则,比如《立春之歌》
《寒露之歌》《气候之歌》《立春》等这样的带有"传
统节气"诗作。由此,白木的诗非常注意"心象"
与外物"气象"的关系——这是精神呼吸的节奏和
灵感调控方式。他的诗歌也更像是与"心象"对位、
感应的"隐喻的森林"。自然之物作为意象群的主
体部分频繁出现,这是一种不由自主对现代性的排
斥使然。从一个当代诗人的写作主体和精神趋向来
看,白木是一个居于语言的"老旧人物",有山野
之心,有超拔的格调,也有或隐或现的对惨厉历史
与快速时代的不安与转身(比如《文明之歌》这样
的文本)。无论是以"论"为题还是以"歌"作基
调的系列诗作,白木仍然是对这一时间性命题的整
体性加深与延续。白木的诗不乏孤愤之心,涉及到"故
乡""回乡"时我感受到的是一颗现代人的如此分
裂甚至撕裂的内心。

四

老刀的"皖中"地景与丧乱的背影——"雨水
南来之夜,让人想起/一个目光游离的过客"。沉
默、散漫,不宁、失神,漫不经心又满怀心事。这
大体是十几年来老刀的写作状态。在80后一代诗
人中老刀是我在阅读中较早接触的诗人,尽管至今
并未谋面。进入一个诗人的文本会有诸多孔洞和缝
隙,而老刀的诗除了让我们看到一个诗人的心路和

情感状态以及与生命和时间指涉的诗歌状貌，还让我们目睹了文字中的暮色和阵雪以及泥泞中的"皖中大地"。

我比较感兴趣于诗人和空间之间的关系，这既可以细化为日常化的细节、场景和意象群体，也可以还原为写作者与地方性和时代空间之间的对话关系——即一个写作者如何在淮河以南和长江以北的江淮地区找到属于自我的发声装置并进行有效的再次发现甚至命名——比如他的组诗《皖中平原纪事》。尤其是在地方性焦灼和失语的城市化以及后工业时代，我在太多的诗人那里看到了一个个同样焦灼、尴尬的面影。那么，从诗歌的空间出发，老刀和他的"皖中"呈现的是同样的面影吗？这些面影是通过不同于其他写作者的何种修辞和观察角度呈现出来的？这样的问题似乎并不是针对老刀一个诗人的。在一个"故乡"丧乱的地图上——"大东南的平原上危机四伏"，一个诗人不仅要在现实中完成度量，完成具体的日常化的地理变动（比如安徽、南京、杭州……），更要在文字中重新建立一个与之对应的特殊的精神空间和灵魂坐标。"雪落在对面的井台上"——这是一个略显寒冷、沉滞的空间，更多的关乎生存渊薮与当下的日常境遇和经验伦理，而不是曾经的另一个理想主义乡土诗人的幻象和"天鹅绝唱"。如果不被同一个空间的其他诗人的声音和腔调所遮掩，这就需要诗人在生存和历史的双重时间化视野中具备另一种"还原"的能力。老刀具备这一能力，但是也有着不可避免的"影响的焦虑"。诗人所怀念的那一部分应该有一定的"白日梦"质素——介于现实与梦之间的位置。老刀的诗歌大体是冷峻的，如刀置水、似冰在心，更多时候诗人在雪阵和冷彻中展现一个精神自我的无着境地——"邻居是本地的异乡人"。这就如一个青年的成长史，我们只是记住了"1993 年的大雪"，偶尔听到一个人的咳嗽声——这是时间和皖中大地的双重暗疾（代表性的是《伤感》一诗），"记忆满是灰色的田野"。在老刀的诗歌中总是隐隐约约出现落雪时刻沉暗的乡下、村庄、市镇和旷野，这成了不断拉扯的精神根系——"20 年后 // 下午依旧与我亲切地打招呼 / 在小镇的路上偶遇"。老刀的诗中有不动声色的冷酷隐忍的部分，当这一部分降落在具体的生活场景之中，寓言和白日梦与现实夹杂在一起的时候那些意味就一言难尽了——"我正坐在一列开往江南的列车上"——儿时的江南不再，却到处是日常的"刽子手"。

五

日常的砧板之上，时间的流水之侧，谁为刀俎？

泽婴，写诗，写小说。每一个写作者都会在诗歌文本中重新寻找精神成长史以及自我的映像——"北方的鸟睡死在北方的寓言里 / 公元 1983。"在漫长的雨季中，诗人披着一件已经被反复浇淋而发亮的雨披。有时候读泽婴的诗，我会不由自主地想起多年前某个人背后的呼和浩特以及北方广阔的风声。这是一种原发的精神呼应——"树叶落下 / 仰望天空 / 这是在北京开往呼和浩特的火车上 / 你不懂的／正如我没有想到／遥远的和过去的／光线在落叶的距离中做梦"。时代的火车所承载的是光阴，也是无法挽回的记忆碎片。

在泽婴的诗歌中我总是与那些秋冬时节的寒冷景象相遇。就我所看到的那些关于"节气"的诗歌，泽婴的组诗《二十四节气》是写得最好的——开阔而深邃，具有对时令和个体重新还原和重设的能力。我愿意把《夕像》这首诗看作泽婴诗歌写作的一个基点或者精神趋向的主调——"那不是整个村庄的叹息／仿佛你的叹息／你悄悄躲进山洞，好像真的消失／留下我在迷藏中寂寞地啜泣"。

泽婴早期的抒情短诗和片段有些像洛尔迦和海子式的谣曲。晚近时期泽婴诗歌的抒情性和叙述性非常突出，而泽婴的诗在叙述节奏上大抵是缓慢的，声调也不高，但是具有一种持续发声的能力。仿佛一只青蛙扔在凉水里，然后缓慢加热，直至最后让你感受到难以挣脱的困窘、窒息甚至生存和记忆的恐惧。慢慢到来的阵痛有时候比一针见血更难捱。泽婴的诗歌更像是一种极其耐心的劝说和诉说，既针对自我又指向他者。这样看来，泽婴的诗歌具有"信札"的功能。从外在来看，泽婴的很多诗直接处理"信札"的题材，或者直接以"书信"的形式来写作（比如《回信》《信笺》《一封信》《蓝信纸》）。诗歌对于泽婴而言就是"蓝信纸"。由此，我们看到更多的时候是诉说者和倾听者两者之间的纸上交流，有时候也会谈谈身边的天气、谈谈近日的状况和心情的潮汐，谈谈现实的苦雨、溽热以及人世的冷暖悲辛。我听到了一声声若有若无的叹息和感喟。当有些内容是"信札"所承载不了的，诗人就会用另一种语气来面对近乎无处不在但又无从着落的虚空和时间所带来的生命体验。

在泽婴的诗歌形象中我还经常会遇到一个"少女"和一个"少年"，他们所对应的必然是一个人具体的情感经历、童年经验和记忆的光斑。与此同时，泽婴诗歌中的"孩子"也对应于主体的心象——精神化的亲昵、呵护、疼爱。诗歌就是记忆，这多少已经显得大而无当的话却未必不是真理之一——有时候"童年期"对诗人的影响要比普通人更甚。如今，在泽婴的诗歌中我渐渐目睹了惨厉而不惊的"中年之心"与"无奈之胃"。实际上我更喜欢泽婴诗歌里的那份淡然不争，这在当下几乎成了罕见之物。这样来说，诗歌所承担的就是劝慰的功能了。"白裙子上洗不掉的残色"正是生活的法则。在"记忆的线段上"，在日常但是又必须小心翼翼而不无冷彻的人生路上，每个人都需要一个瞬间——被幸福和神眷顾的瞬间，而诗歌写作也属于这样的一个瞬间。

六

紫石，光看诗集名字《吻过月亮》就能大抵看到这是一个与很多女孩子一样怀有紫色的爱情童话之梦的诗人。诗歌成了诗人在现实与梦境、此岸和彼岸之间的摆渡。精神自我，爱的花园，午夜的星空，远方的来信，还有灰姑娘的不幸和眷顾，这似乎很容易成为一个女性诗人精神成长期的写作主题。

那么，紫石的诗是什么样的一番图景呢？带着这个疑问来看看她的诗吧！

对于女性写作而言，显然更容易成为围绕着"自我"向外发散的写作路径和精神向度。紫石的写作就是如此，有时候并不一定需要用"辽阔""宏大"的美学关键词来予以框定。女性写作更容易形成一种"微观"诗学，在那些细小的事物上更容易唤醒女性经验和诗意想象。这种特殊的"轻""细""小"又恰恰是女性诗歌传统的重要组成部分。而对于多年来的诗歌阅读经验和趣味而言，我更认可那种具体而微的写作方式——通过事物、细节、场景来说话来暗示来发现。由一系列微小的事物累积而成的正是女性精神的"蝴蝶效应"。由此，紫石的诗是关于精神主体的"小诗"，是舒缓但不乏张力的夜歌。但是紫石的这些"小诗"由诸多的孔洞和缝隙组成，里面可以容纳流水、细石、沙砾、清风和天空，可以容留一个悲欣参半的女性倒影——"我在灿烂的日子蜕变／向着初秋"。我想，就诗歌与个人在时间向度上的关联而言，这样的诗已经足够了。有时候，诗歌不一定与微言大义或者与"大道""正义"发生关联。"平静生活"的背后是什么？日常生活了无新意的复制与偶然的精神重临之间是什么关系？这是我在阅读紫石诗歌时的一个感受。诗歌就是内化于自我的精神呼吸方式，而女性则必然在其中寻找、铭记、回溯、确认、追挽、龃龉、宽恕或自我救赎，也有不解、悖论、否定和反讽构成的女性戏剧化自我。这是一株临岸的水仙，照映和对照成就的是女性精神主体的镜像。

七

6个人的诗读完，我正在炎热的北京街头步行回家。每次途经地坛公园我都会想到那个轮椅上的作家。那么，春去冬来，寒来暑往，生老病死，诗歌有什么用呢？多年来这个问题不断纠结着我。文章到此打住，我想到了王原君的一句诗——"天黑了，我们要自己照耀自己"。同样是黄夜般的背景，而泽婴给出的则是——"你的信里写：没有一支火把，最后不被熄灭。"也许，在现实的情势下每个人照亮自我的"光源"并不相同，但是也许正是彼此之间的差异性构成了我们这个时代的客观整体性参照中互相指涉的必不可少的部分。

"内部已千差万别"，这不仅是我们的诗歌，也是我们的生活本身。

2016年7月，北京

自序：沉默美如斯

这是我在过去大约 15 年里留下的一些分行的句子，它们是幸运的，因为它们至今还能存在在我的电脑里。

它们的幸运并不是因为它们的优秀，对散漫的我来说，它们的这种幸运纯粹是偶然的，在我扔掉的那些诗稿里，碰巧没有它们。

这些句子是私人的，它们其实没有被别人阅读的必要，虽然在开始写诗的前几年，我也曾出于功利目的想把它们印在纸上，装订在一起，散发给我认为可能喜欢读的人。但现在我的这种想法却几乎不存在，因为我不知道它们能够给别人带来什么，甚至连我自己也没有耐心再去把这些句子重读一遍，我不知道它们是否有存在的必要。

因为它们本身就是沉默的产物。

沉默让一个人更接近内心，但内心又有什么呢？这些大约是我那些年在空白的内心深处挣扎的呓语吧。我无心为这些琐碎的句子冠一个听起来不错的名义。费尔南多·佩索阿说："被V先生及其纺织品公司剥削，是否就比被虚幻、荣耀、愤懑、嫉妒或者无望一类东西来剥削更糟糕？一切先知和圣徒行走于空空人世，他们被他们的上帝剥削。"我在读到这句话的时候仿佛被当头棒喝，过去的一切也都随之作尘烟散尽了。而我内心的小算盘是，我终于为自己的散漫懒惰找到了光鲜的借口。

偶尔有朋友和我说，你也抽空被上帝剥削剥削，而我的上帝，大约也走神了，剥削起来漫不经心，却也正合了我的心意。

现在突然有了这样的机会，要把这些句子集结在一起，我却茫然起来。在整理它们的时候，我甚至不想再重新细读它们，而是匆匆忙忙将它们堆在一起。我仍为它们取名"沉默中的喧嚣"，这是很多年前博客的名字，于我来说，这些句子，是我在沉默的岁月里，内心的喧嚣。

我把它们大致按时间顺序放在一起，但也不完全是。凌乱也好，如同我们对过去的记忆，总会出差错。

好在差错正是生活的本质。

在整理这些句子的时候，我依然还能感觉到过去的那些沉默，它曾经很美好。

如今它不在，已经很久了。

目录

第二辑　对着月亮抒情

第三辑　最寂寥的车站

第四辑　皖中平原纪事

第
一
辑

冬至来临

午夜街头

再多的街灯也不能恢复太阳的光芒
在午夜，注定要被风声蚕食
在十二楼与十二楼之间
在公交站牌下，赶路的一些肉体

注定要满载疲惫。这最后一班车
包括刚刚在阴暗处拥吻过的恋人们
都在昏黄的街灯里绽放睡意
所有的伤口都被寂寞占领

谁将忍受严寒，举火造梦？
岁月无情地屠戮了所有的爱情
一个男人将手放在一个女人的肩上
让在场所有的人热泪盈眶

在午夜，除了爱情我们还能想念什么？
注定要被风声蚕食
注定要满载疲惫
那么我们的手应该放在何种高度？

2000 年

雪落在井台上

二十一年
二十一年的天空穿过我的胸膛
——杜拉《伤口》

最后一次，雪落在对面的井台上……

我目睹的人世在欢度一个古老的节日
第一声爆竹迟迟未响。这是
隶属于皖中大地的一些村庄
收割完麦子，承受着疼痛的雨雪

我还能在这里端坐多久？大雪如蝶
只是空白重复着空白，时间
重复着时间。我突然想到的人
会不会突然也想到我？
村庄的对面是沾满泪水的碑林
此刻，它与村庄是对等的。像
一列火车途径的两个车站
接纳或送出任意一个手持车票的人

我已在车上端坐了二十一个年头
重复着众人的动作：吃饭、喝水以及其他
有些事情实在可笑：比如自杀，或者梦想不朽
谁愿在死后再回头捡拾这些沉重的鞋子

一生辛劳衣不蔽体的是我们的母亲

大雪纷飞，没有人看见草在疯长
刈尽空芜的少女，请记着我苦难的骨头
这是最后一次：雪落在井台上……

2000 年

冬至来临

冬至来临。这不是诗人眼里的幻象

整个江苏大地落满生命枯萎的印证
又被西北而来的狂风送进大海
天空干干净净，没有一只飞翔的鸟
万众脱离尘世，拢起双手
等待一场巨大的黑雪铺天盖地地降临

一切貌似寻常又毫不寻常
死一般的寂静抵达黄昏的太阳
苍茫大地，谁整理完麦穗和骨头
起身西行，跋涉荒无人烟的苦难
在世纪末的狂雪中，异端迸发：
悲鸣游走的鬼魂远多于向阳的生命

冬至夜，万众停止生长而守望
于风雪中一无所依。一无所依的冬至夜
远行的兄弟，让我们在沙漠深处互相暖暖手
以便攀住五米以外的一株红柳
以及一堆骆驼的白骨和记忆中的羊群
然后化作 12 月 22 日凌晨神圣的白骨……

整个江苏大地落满生命枯萎的印证
这不是诗人眼里的幻象：冬至来临

2000 年

二十一口

我突然想起家乡的二叔
活了一辈子，连个老婆也没讨上
这说起来许多人都不信
但在农村确实有那么一些男人
他们从很小开始就梦想结婚
只是讨个老婆，不管多丑多傻
残疾人也可以，不会生育也可以
只要是个女人就行。但是
就是因为他们自己太穷太丑或者缺心眼
他们一辈子也没讨上老婆
到死还是个老处男
这些人一般在村里的窑厂做工
每天十二个小时卖苦力，挣二十五块钱工钱
他们的钱舍不得吃舍不得穿
除了偶尔打一次扑克
都攒起来——他们做梦都想娶个女人
我们那里管这种人叫"二十一口"
我不懂什么意思
只知道他们死的时候，没有人哭坟
葬礼冷冷清清的

2001 年

雨水

没有因为一些人失去了爱情而不同
这雨水和去年的完全一样

我相信现在肯定有许多人坐在桌前
模仿海子的笔调写诗，热泪盈眶
也有人在小酒馆里喝酒、流泪、骂娘
有人在细雨中很浪漫地散步
有人因为冰箱空了，撑着伞去菜场买菜

人类是多么渺小啊！他们可以因为雨水
将生命嫁接给另外一个生命
或者将它从爱情和死亡中独立起来
他们可以说雨水的好话
也可以说坏话——雨水从来不作声辩

然而雨水还是雨水
只有人死了一茬又一茬
屠戮我们的是宽大的宇宙
和一切流逝的流逝

2001 年

刀

我要在你的枕边放一把刀
一把忧郁寒冷的刀
你的眼睛沉沉地睡着
刀的光芒，一直照进你深深的梦

2001 年

下午四点半的餐具

下午四点半的餐具
尴尬地卡在午餐和晚餐之间
无所事事
像早上十一点醒来的妓女
无心睡眠，无心打扮
躺在肮脏的床上东张西望
目光一片空白

2001 年

鱼

一

我开口说话的时候是冬天
你正在就着一些木炭吃那些纯净的雪
我在走廊里的脚步很长
你听见了么?

一双充满光的鞋子

二

后半夜。我是你失眠的床
后半夜，你躺在我的身上想一个名字

黑暗是你们相爱的借口。像
一个女人被一些药片喂养着
开始翻读一本发黄的诗集……

三

棕色的窗帘。
鱼是沉重的感冒和头疼

沉重才是唯一。

四

我打算将后半生交给一条狗去欢乐

（就是说，我打算像狗一样生活）
你说："这多少
有点理想主义。"

五

我用四片叶子喂养的鸟儿
今夜放飞
对羽毛的热爱让我哭泣了一宿

二十一年的飞翔生活
让我在人间充满苦难的时候只想念你

六

醉酒的梧桐沉沉睡去……

你看见打哈欠的人了么?
今夜你想起谁
谁就是无边的灾难……

七

气温抱在怀里又掉在地上
"哐啷"一响

你需要这样的挫折?

2001 年

老人

他的假牙粘在早晨的汤圆里
永久牌自行车和永固牌锁……

政变的士兵骑虎难下后悔莫及
他单波段的收音机被拆成凌乱的块儿
他光秃秃的牙床尴尬地沉默着
像十月份以后荒芜的天空
他面对此束手无策

碾米的石碓子被砌成烟囱
他找不到电流的方向……

2001 年

十一月

她面无表情若有所思
村子东边的三只乌鸦一夜香损……

爱情是失败的噪声
远远击中她昏黄的瞳孔
十一月的麻雀被大雪击退
她：粘性十足的思维与一只手枪相关

一些旧篱笆：风拼命摇晃南瓜的藤
十一月隐蔽多少昆虫？
她有足够的理由将一只松花雀放生
但寂寞的面条……和柴禾……

她始终无法亮出心事。

2001 年

1993 年的大雪

1993 年的大雪那一天
你永远也回忆不出是什么样子了
你扣紧风衣眯眼望望白花花的太阳
一只麻雀同时在草垛深处窥望你
目光慈祥……

其它的鸟们提前停止了飞翔
"今日大雪。"谁语气苍凉
黑暗和恐惧同时巨大

2001 年

秋天

秋天是一只温热的棉花糖

她：洗干净的空气晾在六楼的阳台上
一瓶酸牛奶喝到一半
两只神经质的蚂蚁用舌头舔舔风
大声地谈论诗歌

吻：抽象的绳子
一盆从十三楼自由落体的太阳花
七十六岁的老妪牙齿脱落
她终于决定屠杀人间所有的猫

三只病入膏肓的老鼠在囚禁中撞来撞去……

2001 年

鸟

鸟是一生寻找柴火的人。

——题记

一只麻雀和另一只麻雀撞了个满怀：
光诡秘地笑，引发了大片黑羽毛的降临
风冷冷地蹲在四楼抽烟，头晕目眩……
紧紧的绳子：向着死亡的扣
雁一脸络腮胡子坐在光里面
做她的王，黑着脸
晾干的空气有点腐朽
粮食像潮湿的不幸，一生附着这些鸟
缺乏能量的鸟，找不到一块煤炭……

2001 年

我的身体

把我的身体托付给上帝对寒鸦的怜悯。

——[美]詹姆斯·赖特

黄昏千言万语。
一只乌鸦努力地飞进我的身体
它刻意隐藏了一座坟墓和整个秋天
目光忧伤带给我无限粮食和饥饿

我必须将阴沟边肮脏的猫一脚踢开
给所有的胖子一点颜色看看
我的光阴划过黄昏的腿部
乌鸦隐忍我的来源

我的身体就是这样。生下来是石头
一生被黑羽毛拦在语言里……

2001 年

悬念

一个人死了。他的收音机还开着
单田芳的评书他听到一半就死了
他还没有弄清楚崇祯皇帝究竟有没有迁都南京
后来怎么又吊死在煤山
他也不知道李闯王究竟在 3 月 10 号进京没有
吴三桂的七八万人马后来投靠了谁
满人是怎么入关的
闯王几十万精锐人马怎么就让满人灭了
闯王死在哪儿……
他知道所有的疑问单田芳的评书里后来都会涉及到
可他还没有听完评书就死了
他死的时候
脑子里充满了迷离的悬念
这些悬念才是我们平常活着时渴望得到而尚未得到
的永恒

2001 年

大东南

大东南，夕阳走的时候，桃花失血过多
失散多年的爱情借谁之口轻声吟唱——
"西边的晚霞照亮你的双眼"
大东南的古井水声喑哑，大片受伤的苔藓
像母亲晨起的晚梦：新鲜而疼痛
谁是光的后人流落江湖？
在长江或淮河以北日渐模糊，奋发着，颓废着
同样的夕阳照耀他们受孕的疾病
他们的血漫过绿丝绒桌布

北方嚼着馒头就着大葱
北方狂风大作飞沙走石
北方"天苍苍野茫茫风吹草底见牛羊"
北方"蓝蓝的天上白云飘白云下边马儿跑"
北方面沉似水
开始吞没大东南的版图

大东南刀疤累累，无力地苍老着满头白发
无数桃花掩映的草冢丧失尸骨
大东南在人类的困倦和微醉中安然流产
白幡亮起，人们双手合什："上苍保佑，母子平安"
谁看到国家嘴角漾起的一抹微笑？

衣冠不整的是二十一年的爱情和汀棠
在大东南的平原上危机四伏

2000年

死刑

把这些没用的带走：
辉煌、悲伤、笨重……

分娩是阴暗的下午
你感觉不到秋天深了
你的哭泣带来一屋子羽毛
我置身其中
漫不经心地玩弄一把手枪

2002 年

远方

妇人在今晚熄灭灯火、药片和乳房
诗人走过他的祖国
暗淡下头颅
鸟们开始变得没有意义
连同天空
在一条后半夜的新闻里绽开泡沫
南方的雨水增多……

王店至嘉兴
三个女中学生中途上车
她们紧靠窗户的身体慢慢发绿
谁也不能说出
一只苍蝇飞过她们眼前的秘密
入晚的女人遗失语言
在一场大雨以后默默隐忍
一整个季节在她的体内
远方渐行渐远……

2002 年

虚拟

八十三岁。死于无病
他华美的袍子冒出青烟
唯一留下的
是烫伤的阳具

外界传闻
他死于寒冷
或者艳遇

2005 年 4 月 17 日

二十五日

连续二十四天
春花在门前飞过

到了第二十五天
风平浪静
有鸟跌落
像忧伤的肥皂

2005 年 4 月 27 日

1997 年的东直门

我为这些食品打上了我的烙印
彪悍，粗俗，甚至低级趣味
我和十年前的父亲一样
热爱这些粮食。独自饮酒
食它们的血肉，抽劣质的烟
我很想走出去，不管多晚
打一辆车，去 1997 年的东直门
对父亲说："走，
咱爷俩喝酒去！"

金陵饭店

第一次失恋的时候
我蹲在金陵饭店门口的台阶上
看路灯，抽烟
偶尔我也会回头看看
传说中的华东第一高楼
它从父亲十五年前的话里活起来
俯视我卑微的小忧伤

2007 年 8 月 18 日

雨是一些人凄苦的命运

风从中央的一个聚结点四散逃奔
雨的去向是一个人：
他在三十年的鸟笼里被光阴囚禁
像一颗无辜的种子长满潮湿的羽毛

雨天，其实是一种策略
抚慰路人行走的血泪默默隐忍
树木五脏俱裂肝肠寸断
没有缝合的借口：雨是神秘的去向

他再度将天空打开，说一些话
一些吞食蚊子长大的人
看着宣泄的鸟儿
只能将一两种疼痛和悲怆

彻底遗忘……

黄昏

太阳照射她一米五二的身高和一辆童车。太阳不能
照射她七十三年的日子。她的腐朽有些干枯，在黄
昏的空气里弥漫一种木屑的味道。

我曾经在星期二早上见过她，坐在一大群青年的侧
面，身边的塑料袋里有她刚刚拣拾的一摞旧报纸和
几只空易拉罐。她的脸上布满乌鸦和枯树枝。
她没有假牙。

她已经花完了所有的光阴。她是否能回忆起初潮的
羞涩和狂欢的婚床？她的乳房干瘪松弛，爬满皱纹
混同泥土的颜色。

她童车上的孩子也目光呆滞。她和它缓慢走在黄昏里。

病中

病中，是一种自甘堕落的错觉
宛如此刻梦见的海，温暖湿润
粘粘地包裹我颓废的下半身

病中有灯，火红地开在夜里
病中的光阴轻轻拍打谁的脸颊
远处有忧伤的爆竹声
在千里之外的异乡，有人迎风喝酒

病中之床宽大辽阔
却对旧日的欢笑彻底失忆
病中的窗口挂着一样的窗帘
病中的雨水纠缠十年来虚无的情事

药片还在窗台
有鸟飞过，遗失陌生的羽毛
病中的夜色苍莽如水

2005 年 9 月 8 日

失散

用旧的牙刷，空的酒瓶子
摁灭在伤口的烟头
剥在废纸篓里的脚皮
共同构成：与你走散的夜晚

当下午不再能够抒情
我只能钟情后半夜的虫鸣
躺在荒芜的床上
依靠一瓶过期的眼药水度日

2005 年

经年

去年的一瓶酒
今晚将我醉倒
我已遗忘那戎马倥偬的岁月
躺在病榻上，自言自语

暴雨带来一次晚餐
我不停用左手模拟着右手的忧伤
想起你从遥远的南方捎来提袋
一年不曾打开
里面仍是你洗干净的空气
熨烫得崭新

去年的此日，转瞬
已离别经年

2005 年 7 月 31 日

此夜疼痛

此夜疼痛，那就将空杯一饮而尽
农历的下半月，月亮出门很晚
在香樟树的阴影里，栖息一只
离群索居的乌鸦

此夜疼痛，那就想想别人怀中的暖火
七月以后的性事，已近荒芜
七只蚂蚁彻夜忙碌
我若关灯，它们会迷失在无边无际的地板上

此夜疼痛，那就把空椅子放在马路中央
看那些习惯于在深夜穿城而过的卡车
把它撞飞。木片折断，像是
骨头断裂的声音，响遍半个中国

此夜疼痛，那就用一根牙签
刺破中指，直抵心脏
不要拔出来，就让它
长成开花的竹子，然后死于无病

此夜疼痛，因为一个说不出口的缘由
久居古墓的男人，终于患上眼疾

2005 年 7 月 28 日

小轩窗

一尺见方
小轩窗里住着一个完整的秋天
和一个可人儿

当我走出门，绕到窗台下
那里只有一些青灰的瓦砾
天气坏时，还会多出一两片
梧桐树叶。当我坐在桌前仰望小轩窗
那个秋天开始闪动
一些饱满的金黄

留在衣柜里的一件衣服

九月的某日，北风拍打着街边
盛装的年轻妇人。在一口养着小鲨鱼的缸前
她们手中的小兽轻微战栗
目光中露出冬天潮湿的气息

图书馆有一堂讲座。满脸疙瘩的博士
正在深情回忆这座城市遥远的历史
我立在你离开后的第二十七天
衣柜是你亲自选定的颜色：深褐

一枚虚构的子弹击中午后三点
灰白色的阳光从西边的窗口照进来
我弯下腰去捡拾，光阴无聊的碎片
如同一只饱餐谷子的母鸡
啄食无味的糠粒，打发时间

2006 年 9 月 15 日

初冬

一只寻找草垛的麻雀匆匆穿过下午
秋天垒砌的篱笆现在刚刚满月
没有一只昆虫愿意
唱响初冬时分清冷的寂寥
道路发白，住着无法触摸的薄霜

需要一些小病来渲染气氛，比如感冒
情绪像一张白纸，在窗口打盹
一本激情年代的诗集始终未能打开
过去的二十五年里
记忆满是灰色的田野

风声

风声活在一首遗忘了的曲子里
酒醉的时候
兄弟们与我对坐
在欲望结束后片刻的肮脏里
风声拍打我面容憔悴的表情
过去的欢颜开始醒来

读信是一种堕落
正如怀旧让一只蚂蚁开始风雨飘摇的生活
那么你拿酒来
收买我这些孱弱的抒情

失眠

有什么事情比失眠更为重要
灯在幽暗的回忆里静静地亮着
你说："一座坟墓埋葬了唯一的名字。"

那就数数沉默的花瓣吧
一些水带来的幽深开始袭击倦意
此夜的月色是唐人书写过了的
疼痛也没有新意
只有一两只寒冷的鸟偶尔飞过
留在掌心一两个动词
失眠，让一个患者活得像鱼

霜降以后

忧郁之狗跑过秋天的荒原
漫无目的。霜降以后的杭嘉湖平原
晾晒着饥饿的麻雀
陈旧的粮食，以及密布的厂房

没有一根抒情的骨头可以舔食
注定了后半夜的饥肠辘辘
百无聊赖的舌头慢慢泛出青灰色
"这是一个光阴打磨过的世界。"

山中的光阴

山中的光阴是我一厢情愿的虚构
仿佛夏季的午后，蝉嘶中绵长的茶味
缭绕不去。小寐过后的迟钝
让我与这山，有了片刻对望的宁静

晚宴

云近得像昨日的时光
我们从山脚上来，山人晚归
绳子上晾着色彩明快的衣服
桌子排在山腰
隐约嗅到野花的香气
又是一场豪饮后的沉醉

白马崖西望

在白马崖的眉梢躺下
卸去鞍鞯，偷听到的
是一些唐朝的丝竹声
往西的山里，住着李太白
没有标点的诗
林中若无豺狼
便可枕着那最后一捺入睡

核桃树下

清风中小坐
适合谈些农事
只是关于核桃，我们都知之甚少
若得变卖了城中的囚笼
来山里结庐
兴许，还能多出些酒钱

小石潭

这般清澈的潭水
宋朝之后，便再未得见
观里的道人洗浣过衣服
点燃青色的炊烟
一把泛红的竹椅兀自空着
鱼们把影子照在潭底
略显寂寥

伤感

因为一些并不存在的伤感
我彻夜不能入睡
在健康的躯体上贴满膏药
吃七彩的药片
给每一个陌生人打电话陈述我的绝望
在床和窗户之间疲于奔命
喝掉整桶的水
砸碎装满酒的瓶子
然后坐在锋利的刀刃上
等待大雪来临

想起坟墓

胸中辽阔的时候，我就想起坟墓
想起我们一生奢华
死于偷情
坐在漏雨的坟墓里
相对饮酒

第二辑

对着月亮抒情

对着月亮抒情

很久没有对着月亮抒情了
风从五楼吹上来，落在寂静的露台上
公园里散落着碎纸片和烟头
一切都在沉睡，除了远处高速上偶尔疾驰过的货车
它们穿过灰黄的沙漠和戈壁而来
直奔茫茫的夜色

已经有些不习惯
对着丰满的月亮抒情
说矫情的话，心潮跌宕
不习惯风里夹杂着狗叫的声音
它们总让我想起
漆黑的村庄和那些鬼魅般的影子
没有一点声响
在辽阔的旷野里
除了那些长长的叹息

那时候的光阴里没有香烟和啤酒
所有的时间都不再记得
每一次回眸，它们便远一寸，小一点
直到缩成一枚小小的坟墓
结实而单调
种在沉默的体内

像一只鸟，抖落羽毛上的尘土
蜷缩在榆树深深的阴影里

2007 年 7 月 4 日

虚拟一首歌

所有的音乐都已经失效了
捧出收藏多年的疼痛
在夜色苍茫里，想起辽阔的死亡
温暖像一枚鲜黄的灯火

趁着路程最后的一点点寂寞
打开那些日渐泛黄的岁月
虚拟一首歌曲
节奏缓慢，如同一匹牛车
经过深夜的三环路
有鞭子的声音，抽在虚无的黑暗里
每一个字都要疼痛
带着世俗的责怪和些许自怜
带着菜市场人潮退去后的鱼腥味

带着一个恋世的人
对死亡的期待

去年夏天

那时候阳光没有这么毒
树也要多一些
在城北临近乡下的地方
他与四川餐馆的老板熟识

仿佛某种征兆
青虫开始啃噬上午的豆苗
榆树叶子上爬着一只色彩鲜艳的洋辣子
收音机还在响，大约是一段相声
这时空气里的尘土还不那么多
大部分蚂蚁仍在凉快的洞穴里慵懒地打着哈欠
他比蚂蚁睡得还要沉一些
没有注意到背后长出一块暗红

和所有的夏天一样
那时候的天要到晚上八点才黑下来
人们都在用蒲扇拍打着蚊子
整个乡下没有一点灯火
满耳都是蒲扇拍在肉上的啪啪声

没有人看到一只乌鸦穿村而过

雨后

仿佛一部灾难片的序幕或者尾声
他们站在提前掉落的香樟树叶上
赤裸着上身，和沾着新鲜汗水的脚
面有喜色。所有人都懒洋洋的

夕阳比往日更加绚丽一些
汽车们趁机肆意响着喇叭
香烟店老板扔出一包碎玻璃
嘴里骂着：狗日的天气

只有迟钝的人
面无表情地穿过雨后的傍晚
看着一些人，正在老去……

买酒的女人

买酒的女人黑衣红裙
脸上挂满了故事
她认真阅读每个酒瓶子上的说明书
模样专注。让人想起去年冬天
大雪的时候，她在院子里
对着瘦硬的树梗，想念欢笑的时光
那时候雪刚好覆盖住她同样雪白的脚
她像一副人型空气
在酒后倾听稀疏遥远的爆竹声

饭后的倦意

倦意紧随着一只土豆
二两精肉，十克酱油
和五克碘盐而来
暮色里夹杂着锅碗瓢盆的动静
孩子的尖叫直扑面门

饮酒的人开始在街边吆喝
春天里还在西郊河坝上漫步的羊
现在被细细切成指甲大小
在铁质或竹质的签子上吱吱作响
勾引着路人的酒瘾和食欲

吃罢晚饭的男人
独自打理着黑漆漆的房子
哈欠连天

有人在隔壁唱歌

有人在隔壁唱歌
并不很老的歌
但是已经没有人会唱了
那人唱得很认真
从开头到结尾
没有错一句词，也没跑一个调
甚至还有一些不合时宜的深情夹杂在歌声里

有人在隔壁唱歌
这让一个异乡人在午夜觉得踏实
他像坐在二十年前的风中
眺望夏天的黑夜
唱歌的人，便也是那黑夜的一部分

当他站起来
歌声也戛然而止
他听到自己的体内
传来谢幕时零星的掌声
无力得像一阵青烟

雨水南来之夜

雨水南来之夜，让人想起
一个目光游移的过客
无心美景，或是宾朋三千的豪饮
宛如一枚补丁，打在华美的丝绸上

雨水南来之夜，风声显得微薄
那些破布条一样的旧事，就挂在房檐
有银针一样精巧的声音
轻敲着时光。听似漫不经心

雨水南来，地面开始洇湿
像一双沉湎于回忆的眼睛

晚春

有着一丝卑微情绪的青苔，背对着光
从石头的灰黑色里长出来
在午后潮湿的时段，凄清如孩子的眸子

木门上还有去年冬天猫留下的爪印
主人在院子里焐稻种
无人打理的门，孤独地望着暗绿的榆树冠
有着小小的惆怅和落寂

北风

北风在阴郁的下午将我取消
雪遮蔽了更多的光。

天色在五点钟暗下来
你有足够的理由穿上厚厚的衣服
并将手装在黑色的手套里去散步
在没有光的晚上享用一顿晚餐
四种颜色的筷子代表了四种心情
我用光取消外套。

手的形状：划伤忧郁的玻璃
将刀的腹部打开我可以获得一些鲜花
但我扔在小便池里的十二只烟头
以及此后我呕吐出的秽物
是否真的都与北风有关？

北风贴着我的眼睛
雪是我虚构出来的家。

南京旧事

梦见细小的麻雀，如同往事
掠过南京十月的天空
"枝叶紧密的梧桐，如同她紧闭的青春。
瑞金路是雪花与阳光交错的坟。"

雨声描绘城市孤独的部分
光阴与简陋的早餐一起
漂浮在斑马线上
我想起那些穿城而过的人们
用诗集遮着脸孔

2008 年 10 月 5 日

文一路花店

晚宴

下午五点半，街灯初亮
沾满雨珠的车辆宛如一群落水的狗
奔跑在城西嘈杂的路上

翠苑以东，一条我叫不出名字的巷子里
花店老板娘冷漠地坐在花丛中
她也曾怒放过，在春光明媚的季节
如今她用呆滞的目光
打发着日益枯萎的年华

那些花儿，见证着这城市的老鼠与大米们
至死不渝的所谓爱情
那么奢侈。在她的眼里
那满屋子的争奇斗艳
不过是一张张盛开着的钞票

2007 年 1 月 3 日

午后，雨自南方而来

周二的正午刚刚过去，哑巴从空荡荡的楼里起床
整个小区里的鼾声戛然而止，一片沉默
他在无声的世界里整理昨夜残留下的饭菜

云层开始增厚，从十四楼的阳台望出去
城市渐渐发白，有雨自南方来
带着暮春的气息……

2008 年 3 月 18 日

又见麻雀

1

又见麻雀时，我正挺着微隆的肚腩
在雪山饭店宽大的露台上
与刘部长讨论杭州的房价
我没有注意它穿过我的肩膀
一头撞在楼顶的玻璃上

它一如既往地穿着灰色外套
突如其来的撞击没有让它头破血流
但是那"砰"的一声，估计会使它脑震荡
它的脚步有些踉跄，在瓦上趔趄了几步
仿佛酒醉——当然这只是我根据自己经验的猜想
麻雀没有喝过酒，也许也不会想到"头晕"这个词
它只是觉得脚下不稳，险些栽倒

刘部长开始说车价了
我没有听清，麻雀已经飞走了
像我小时候写作文描述的那样：
"消失在茫茫的宇宙中。"

2

我想我认识那只麻雀

其实这样说很自以为是
因为我从来没有近距离观察过一只麻雀
我不知道它的喙有没有钩子
爪子是否锋利
我不知道它的眼里装着什么样的表情
它上衣的肘部是否缝着一块蹩脚的补丁

我看到了它栽倒时候的样子：
腿发软，翅膀无力地张开，嘴里喘着粗气
它是从皖中平原飞来的
越过长江
穿过富饶的杭嘉湖平原
最后一头撞在雪山饭店屋顶的玻璃上

3

麻雀已经不可能再认识我了
它离开得那么匆忙
来不及听听我们在说什么
来不及去大厅和我喝杯水抽根烟
来不及向我说起长江大桥的雄伟
来不及描述金陵饭店顶层旋转餐厅带给它的眩晕
也来不及告诉我
它已经好几天没有吃东西了

麻雀飞走了

带着辘辘的饥肠和脑震荡
刘部长改说单位的人事问题了
这才发现我呆滞的目光
而我终于轻轻吐出一口气，说：
"一只麻雀。"

她

她小声喝水
雨躲在她光滑的脊背后面
一座城市
与宗教无关
一座北纬二十度的城市
和一座北纬四十度的城市
没有区别。一个女人
二十年前和二十年后同样面对一个男人

雨开始在下
她仍旧在喝水
声音全无
她的下唇微微突出
那么妩媚
那么性感

说水

说起水，我便想起那个古镇的摇橹人
和他五块钱的苍白收入
游走在桨声灯影里的，是七十年前的庸俗矫情
如今我们在月色与雪光交织的河面上
放任时间来强奸自己的怀念
那东抵苏州河西达钱塘江的古河道
充斥着男人的精液
女人的经血……

那些倚河而居的画家们
便用这水
画江南的风骨

刽子手

那个小我一岁的刽子手
那个皮肤白净的刽子手
那个爱喝啤酒的刽子手
那个素昧平生的刽子手
终于放下杀人的武器，坐在我的对面
与我饮酒，说生意上的事

而我正坐在一列开往江南的火车上

邻居

邻居是本地的异乡人
那么紧张。六十年的岁月
在江南的软语里泡出骨头
老人遭遇早起的狗
我遭遇倒马桶的老妇

邻居是一枚钉子
钉在我常年被酒浸泡的胃上
入夜之后我想起远方的女人们
想念她们抽过的烟头
那些空的啤酒瓶子
和无聊的性事……

次日醒来
邻居不辞而别
人去楼空……

梦

梦见的是我和一只鸟
一起赶路。或者说是我在赶路
鸟停在我的肩上
它那么逍遥快活
而我也不觉得累

后来鸟飞走了
从我的肩膀出发
去向不明
我知道前面有海
那么多鱼儿
同样逍遥快活
但我不会游泳
我只有努力
把身子越走越轻……

阳光灿烂

他们在衰老
并陆续死去
日子如同一本乏味的小说
翻过的情节迅速被遗忘

穿过云层的飞机
不是二十年前仰望过的那一只
阳光灿烂——舍不得丢弃的词
搁在书架上，沾满灰尘

想不起那些被风吹过的面孔
干枯如树皮，混杂在碎石与瓦砾间
深埋地下
孩子们从荒草上跑过
风一样快
像一个悲剧
瞬间落幕，抓也抓不住

有人与我说故事

有人与我说故事
在夏日的午后
房间里空无一人
天空中空无一鸟
故事便从这空虚里开始
茫茫如透明的薄雾
纠缠那么多死去的人
和死去的事

有人与我说故事
此刻阳光西斜
楼群泛着银白色的光芒
孩子与老人同时在昏睡
整个城市充满了乏味的"嗡嗡"声
或许是转动的电扇叶片
或许是飞驰而过的汽车
或许是冗长的会议发言
下午，白皙得如同一张死人的面孔

有人与我说故事
沾满泥土与灰尘的往事
已故的岁月
借打滑的墓草
在七月的午后
鬼魅般悠来荡去……

自闭症男人

有时候面对四月，他像一只鸟
紧缩成黑色的圆斑，停留在水杉树的深处

从十年前开始，或者更早一些
疼痛就住进了他的胸膛
在某处安营扎寨，搭建起青灰色的房子
太阳落山的时候，它在门旁斜倚
与寂寞嬉笑

2008 年 4 月 17 日

黄村火车站

"黄村"两个字有些破旧
它们蒙了尘
像刚刚经过一次沙尘暴

在侧面的一堵墙上
隐约有些红色标语
下午三点半的时候
人们穿起了短袖
有身着深色外套的老人
在广场上推着童车
所有的车绕过环岛
与车站擦肩而过

在出站口
有两三个接站的人
伸长了脖子在张望
一声不响
车站格外安静

2008 年 4 月 17 日

最寂寥的车站

最寂寥的车站

我所见过的最寂寥的车站
属于一座极尽奢华的城市
在偏远的南部分
像一位因错被打入寒宫的嫔妃

我曾在一个酒醉之后的清晨造访过它
汽车穿过阳光稀疏的高速公路
两旁大雾弥漫
城区的人们和别的城市没什么两样
他们穿着鲜艳的春装
步履不乱，发型各异
演绎着自己的品味和性情
而那些年过古稀的老司机们
靠在高大的车轮上抽烟
身体曝晒在四月的阳光里
连同那些交谈了千万遍的怀旧话题
他们从容淡定，不卑不亢
仿佛本身也是那些铁家伙的一部分
偌大的停车场
寂静得像一口枯井
只是偶尔有一两束忧伤的目光投向远空
默默追忆交通繁忙的二十世纪

白鹭屿

这个叫白鹭屿的海边村落
从东到西，从南到北
均不盈千步
这是在东南漫长的海岸线边
极其普通的一座渔村
像一块被拳头攥紧的海绵
紧张，压抑，缺水
四周是我曾在照片里熟悉的小山

2006 年 6 月 23 日

晚起的风

晚起的风打着哈欠，睡眼惺忪
它整个上午无所事事
对着毒花花的太阳发愣

他在读一本叫做《兮》的奇怪的书
目光如炬，思绪游移
他把风安顿在客厅的沙发上坐下
他说：等我读到午后
我们再来下棋

2006 年 6 月 23 日

初夏

雨水说来就来，不分昼夜地穿林打叶
卷集着蛙声。槐花落了一地

打开的豌豆内藏乾坤
有泥土或青草的气息
风潮湿地吹拂
深浅不一的睡梦
过去的时光
用于安放抒情的只言片语

人们借雨声的遮挡
挪动着身体——
那些被灵魂使用旧了的身体
沾满灰尘和悲伤的记忆
在初夏的季节里
无力安睡
疲惫不堪

2010 年 5 月 20 日

合肥一夜

合肥一夜，人间十年
从曹五木到方子昂
从啤酒到白酒
从八大碗到牧云人
从狂饮烂醉到心碎了无痕……

罗亮十年前折断的马鞭
现在就在我面前
伤口新鲜　血肉模糊
我们已经不需要马匹
十年的光阴瞬间跑过
现在在冬雨笼罩的合肥
我们喝的是自己的血液

2005 年 2 月 27 日

萧然和丑石

他们让我想起很久以前的冬天
那么大的风吹着若有若无的人们
鸟儿在天空四散逃奔
那时候土地灰黑
天降大雪
列车在皖中平原上急驰而过

现在他们睡在合肥的床上
冬天远去了
鸟和列车也远去了
只剩下淅淅沥沥的雨
不紧不慢地下着

2005 年 2 月 27 日

你们饮酒

——给崔澍、吾同树

我的情绪，总要比世界慢一些
有时候是两年，有时候是七年
它们在这一刻重叠
我在上海的边缘，无灯无酒
如同那一年冬天的皖中平原
充满青灰色。我在网吧
你用崔微子的名字向我诉说你的第一次性事
也或是东莞某个停电的小镇
我们趁着夜色穿过面目可疑的异乡人
在一处旅馆，通宵玩牌

我在春节给你和兄弟们
群发过一条祝福短信
希望不多时，手机能响起
传来你那被南方温暖的阳光晒过的声音
喊我荒废不用的笔名，然后说：
我是小树

时光将我们每个人从快乐的往事里剥离
然后给记忆装上毛玻璃
你们精心挑选的头像，不再在我的屏幕上闪烁
我只想介绍你们相识，在长布村
或者河南的某处酒馆
你们彻夜掌灯
相对饮酒

怀念

我怀念的
不是长江水
不是渡江的船
不是船头站立的紫衣少女

我怀念的
不是老房子
不是房后的槐树
不是执竿打槐花的人

我怀念的
不是紫云英
不是长满紫云英的田埂
不是漫山疯跑的孩子

我怀念的
是晌午的阳光照在嵌满瓦块的河堤上
我的舅舅和姨夫
穿着深蓝色的中山装
在赶路

2012 年 9 月 12 日

十年

十年，被我们把酒谈旧了的人生
如一截剔去血肉的骨头。现在
站满疲惫的工蚁

当我偶尔，在酒醉后醒来
想与你重新捡拾那些骨头
说少年时的梦想
你却酣睡在城市
茫茫的夜色里

2010 年 6 月 28 日

四牌楼速写

1
四牌楼像一枚年代久远的子弹
深嵌在南京的腹部

我坐在四牌楼里面
翻看一本 1953 年的杂志

2
有雪的时候四牌楼很亮
一楼的酸菜鱼馆生意红火

我穿过老虎桥
去鱼市街找辛酉喝酒去

3
每天都有一个男人从四牌楼走过
提着一个很难看的塑料袋子

因为那个难看的袋子
男人很自卑，行色匆匆

4
办公室有九个人，二男七女
男人是我和美编

每天的工作：我负责上网
美编负责和七个女人打情骂俏

5
突然有一天来了一个要饭的
他一直爬到五楼真不容易

他说给点吃的吧饿得走不动路了我们就笑
要饭的莫名其妙，一害怕就走了

6
四牌楼堆满灰尘
生活着许多面目狰狞的女鬼

但是我们谁也没看见
我们只是白天在这里寻找尚未腐烂的粮食

2008 年 1 月 5 日

光阴似箭

从明故宫到总统府
两站路
我刚打了个盹
公车就从明朝开到了民国

2011 年 1 月 5 日

他苍老如十二月的叶子

他苍老如十二月的叶子，倒挂在清瘦的
没有一滴养分的树枝上
与乌鸦为伴。

他想起四处闪着细小阳光的小镇
有流水缠绕。戏台上有人唱戏
墓碑上刻着不朽的，平凡的
名字。水声潺潺，喂养饱满的绿

有狗在春天的湖畔奔跑
来去如粗粝的生活
瞬间喧嚣，瞬间宁静
瞬间便消失在茫茫的水汽里

下午

雨如瓢泼的记忆
像墨水，涂抹回忆的玻璃窗
下午收尽光芒
在一条白花花的水泥路上行走
不紧不慢。穿着去年冬天的棉衣

下午老得不够彻底
头发灰暗，脸孔发黑
如同一枚生锈的螺丝
附着在一扇久未开启的铁门上
不能旋下，也不曾
彻底腐烂

2011 年 1 月 11 日

春天无聊死了

春天孤独死了
一个人在雨水潇潇的黄昏
抽烟，踱步，摇动柳条
看雨滴拍打护城河的脸
起了好多坑坑洼洼的麻子

大家都去看花花草草去了
举着相机，夹着写生板
大家都打着伞，面目模糊
春天的太阳躲到乌云的背后去了
春天的风也不吹了
春天就剩下雨水不断的下午
被日光灯挡在玻璃窗外

春天无聊死了
每个人都在喊它的名字
但没有人能看见它
没有人陪它下棋
它躲在茉莉花湿漉漉的叶子上
被粉面含春的姑娘用抹布擦干净了
它躲在淅淅沥沥的雨声里
被膀阔腰粗的悍妇咒骂丈夫的声音盖过去了
它小心翼翼地钻进买菜大妈的塑料袋里
青菜真香啊，土豆的皮肤真滑啊

它在厨房的水槽里扎猛子
拽拽虾的须，拍拍鱼的脑袋
正在它快活的时候
它被扔进油锅里
生姜和辣椒呛得它直咳嗽
酱油和辣酱把它浑身染得黑乎乎的
哦，还有料酒——

春天的酒量有限
它彻底醉倒在闪着寒光的盘子里啦

2014 年 4 月 21 日

鱼市街

——给辛酉

鱼市街不长，隐在珠江路和四牌楼之间
步行三分钟，就可以走完全程
下雨的日子里，坑坑洼洼的路面满是污水
街边的大排档散发着油烟味和鱼腥味
如同它的名字

时间交给南京许多这样的巷子
纤弱地生存在高楼大厦的背后
肮脏，凌乱，弥漫着雾气和南京话
密密麻麻，像不忍回首的过去

我们天然热爱这些巷子
热爱鱼市街油腻的小酒馆
当我在那间行将倒闭的杂志社编完最后一篇稿子
你已怀揣小二，在夜幕中的鱼市街落座

我们如大师一样谈艺术
如政客一样关心国家和人民
如富豪一样畅想数十亿的项目
我们吃完最后一只鱼头，喝光桌上的酒
把所有的钱掏出来结账
酩酊大醉，不顾冷雨
在深夜的鱼市街放声大笑

你大约不会再来这里了
鱼市街阔别已久，想必热闹依旧

2014 年 2 月 21 日

下午

下午是一生中最柔软的部分
像一条温顺的丝绸围巾
被放在办公室的沙发上
周末阳台上的圈椅里
龙井村阳光漫洒的玻璃杯里

下午一个人，走在小镇古老的街巷里
下午的人们毫不察觉它的存在
白铁皮店里依然响着吱吱的电焊声
香烟店的老板娘嗑着瓜子看冗长的偶像剧
孩子们在教室里做数学题
货车司机骂着娘将罚款单塞进驾驶室的角落

下午在母亲从鞋底里抽出的线上跳动了一下
1993 年的黄昏便降临了
我在草垛向阳面的忧伤和温暖
显得那么可笑。20 年后

下午依旧与我亲切地打招呼
在小镇的路上偶遇

2013 年 10 月 25 日

下午

深秋的阳光，均匀地
在建筑上铺开
水晶般绚丽的玻璃幕墙写字楼
或是外墙脱落的民房

桂花像绽开的米粒
散发着幽香
这是一座姑娘般芬芳的城市
你应当休息其间

贝恩的诗集刚读完开头
酒已经醉了
陈尸所里的场景挥之不去
紧紧跟随着心理脆弱的人

远方有战争
被广播里的童声淹没
没有人是错的。除了
那些写在纸上的方块字

2013 年 10 月 28 日

"疯子"

"他是疯子。"有人轻声说
但他和围观的人没有分别：
四肢健全，衣冠楚楚，目光澄澈
"他在我们看不到的地方出了点问题。"
说话的人指了指自己的脑袋
转身离开

"疯子"在每个下雨的清晨恸哭
声音很大，夹杂着雨声，听起来
格外凄凉。——但这种凄凉是站不住脚的

"疯子"在天晴的日子里会笑
笑得很柔软，像深秋的阳光
格外温暖。——但这种温暖同样站不住脚

我常在白天看到他穿过单位后面的窄巷子
也曾在深夜时候，突然想起这个"疯子"
我一直想和他有一次关于生命的深谈
但我不能，内心平静地坐在他的面前

2013 年 10 月 31 日

到花园去，与蚂蚁谈谈

秋天的云在窗帘上变换着模样
长期与同一种生物沟通让人厌倦，比如人类
现在我想在潮湿的花园里席地而坐
请忙碌的蚂蚁歇脚，我们谈谈

我从不曾凝望过它们的眼睛
那是一种怎样的眼神
在一个更为宽广的世界里
没有人类可以进入

它们毕生劳碌，从不歇脚
有时候会被淹没在一滴突如其来的水珠里
呛水，挣扎，头晕目眩
它们的内心世界是一片从未被发现的土地

我曾残忍地屠杀过它们的同类
在遥远的故乡，记忆模糊的日子里
我不曾想过有朝一日会坐下来向它们求和
秋天的阳光抚摸着我思想罪恶的头颅

它们来去匆匆，偶尔停下来一秒钟
似乎在倾听我的声音
它们的触角微微颤动了几下，又离开
我像一张破旧的报纸，毫无用途

被丢弃在一株即将老去的绿草的脚边

2013 年 11 月 9 日

时间惑

在遥远的外太空
时间是怎样的

没有古生物化石
没有见证过刀光剑影的历史遗迹
没有四季变换的花红柳绿
也没有整点新闻

时间一下子失去了所有的喧闹
离开太阳的光芒
离开密布着开发商的地球
离开被亿万次抒情的月亮
安静下来，在苍茫无聊的空间里

偶尔有离群的小行星穿过
带来遥远的宇宙深处
星球爆炸的痕迹
但旅程太长，它的伤口早已愈合
灰尘覆盖着伤疤，倏忽越过

时间像一滩死水
让人绝望

2013 年 11 月 8 日

皖中平原纪事

皖中平原纪事　藕

打开一节藕，泥土的香味在厨房里弥漫
它或许来自长江下游的某个河湾

我的小学同桌曾在那里学习游泳
低级的狗刨技术未能助他逃脱溺水的厄运
他被打捞起来平放在河坝上的时候
变成了我完全不认识的模样——
安静、温和
任由秋天的阳光抚摸着他的身体
他双目紧闭，嘴角松弛
严肃得像个大人。这让我有些害怕
我不能像平常一样拍他的肩膀
踢他的屁股。他在人们的哭声里
变得比校长的地位还要高

2013 年 10 月 30 日

皖中平原纪事　荻港汽渡

农历腊月廿八，长河落日圆
落尽叶子的水杉把村庄献给无尽的天空
19 岁的少年坐在斑驳的中巴车里
紫衣的姑娘从渡口折返
坐在辉煌的灯光里，准备与她的父亲共进晚餐

我的父亲曾在这里挖过沙土
如今看过去，那些他费尽力气爬上去的货船
像一块破木板，漂在大河粼粼的波光里

短暂的暖阳晒干了过年的柴禾
大雪即将来临。我从南方回来
带着氤氲的湿气，即将被北风吹干
我把疼痛的往事赋予一架喧嚣的钢琴

然后随着人群一起，
走进皖中平原的暮色里

2013 年 11 月 5 日

皖中平原纪事　三叔

我的三叔，生于六十年代
高中毕业，写得一手好字
在镇中学高三复读七年，成为传奇
或者说是笑话。我从记事开始
与他相识，他的书房里常常聚满人
在练毛笔字，或者写对联
但我知道，入夜后，他常在菜园里练气功

我曾在早春的秧田边晨读
三叔扛着犁头，从另一条田埂路过
当风吹起我的书页时
我听到了此生最美妙的诗句——
"清风不识字，何故乱翻书。"

那年夏天，三叔的汽水作坊被查封
我听到奶奶惊天动地的哭声
有穿着制服的人把几台机器抬上一辆帆布吉普
第二天天不亮，他便敲我家的门
与父亲辞行。从那天开始
我只能有计划地喝家里存着的汽水
再不把没加小苏打的汽水随便倒掉

此后二十年，三叔成为一个符号
几乎从我的家族里被遗忘

我曾在爷爷的葬礼上与他见过一面
还有一个纳凉的夏夜，邻居说起
他回来过。此外再无消息

工作多年后的某个春节
我在老家见到了胃癌晚期的三叔
他蜷缩在一把塞满被子的竹椅上
像一件陈年的棉袄，晾晒在冬天的阳光里
散发着霉味

他活着的时候，几乎是全村的笑话
死了以后，很快便被人遗忘
甚至，他在异乡娶的妻子
也从此不知去向

2013 年 11 月 6 日

月光

唐朝以后，就没有月亮了
这是才华的罪恶。秋天的最后一个节气
离我们最近的美人儿结满白霜
冷漠地独坐在苍茫的夜空里

现在我们只能，依靠些无味的风度日
山在雾霭里酣睡
雨声是遥远的回忆
一切人类沾沾自喜的创造物，都那么丑陋不堪

偶尔会有，300 亿光年的光照过来
擦亮孤独。聪明人向伟大的工蚁学习
不辞辛劳地搬运着春秋世事
饮酒，纵欲，然后倒头大睡

走过的人分解在白色的雾气里
尘土终究要回归尘土

2013 年 10 月 29 日

看山

山近看是绿色的
再远一点是青灰色的
再远一点，就变成黑色了

每天都有鸟从我的窗前掠过
然后飞向青灰色的山
穿过它们的胸膛

最后的春天

阳光穿过尘埃和盐粒
发生漫反射。向阳处灰白
背阴处被辗转的光照耀着
有忧郁的表情

日子如用旧的床单挂在下午的风中
季节枯燥得让人怀远——
遥远到驱车三十余年
也不能到达的某个年代某个地方

下午的母亲在做什么
下午的孩子在玩什么
下午的人们
在一点点消耗这最后的春天

2014 年 2 月 20 日

飞鸟

飞鸟的姿势已经不那么优美了
它们从少年时的天空穿过
露出疲惫的倦容

秋天灰尘满面
纳凉，还是晒太阳
错乱是午后的表情

2013 年 11 月 1 日

举棋不定

——给朱毅

非洲豹疾驰过草原
捕杀一只惊慌失措的羚羊
是该赞叹前者奔跑的速度
还是同情后者即将落幕的生命?

我常为这样的事举棋不定

比如是否要开怀畅饮
比如步行还是乘车
比如温和包容,还是锋芒毕露
比如沉默,还是喧嚣……

饮酒是件快乐的事情
它让我们偶尔很纯粹地宣泄某一种情绪
但痛苦随即而来:在酒醒后
我们永不能再给情绪充足的理由

所有与某种神秘力量对话的错觉
都留在了昨晚的酒杯里

2013 年 11 月 4 日

小学生

她十岁
念小学三年级
她品学兼优年年都是三好学生
但她并不喜欢念书
她的爱好是踢毽子
每天放学
她都在院子里踢一个小时
没有人陪她踢
她一个人
踢得很孤独
却很认真

比如扣子

虚构一个故事
从那些细节开始，比如扣子

然后开始用所有的时光来修改润色
直到每一个细节都那么完美
比如扣子的颜色、光泽
阳光落下的角度
甚至浮尘飘动的轨迹
直到它们都成为回忆
并足以完美表述
所谓生命

声音

两三个声音在三楼滑来滑去
孤独、沧桑、冷峻如刀
忽明忽暗的戏剧性穿过一枚叶子
香樟树在男人的目光里颤抖了一下
缓缓体现历史
农历六月初十你需要一种力量
张满月亮……

桃花源

母亲总是
先于阳光而醒了
制造炊烟
打扫院子
父亲的咳嗽在晨雾里渐走渐远

雨水打湿的栀子花瓣里
藏着新生的小东西
时光留下的小伤病
在早行人呓语般的寒暄里
一点点醒来
不读白乐天
不诵苏学士
桃花源是紧贴在皮肤上的旧日子
新鲜而持久
如同历史一夜沧桑
又如同历史
从未发生

虚构

六点零八分是虚构的
象把骨头托付给朝三暮四的爱情

口腔溃疡严重威胁生存
虽然它不能直接带来死亡：新鲜而刺激

一个女人的爱情被泼在水磨石地板上
一个女人在药店里买华素片……

2002 年 2 月 28 日

九只暖水瓶

九只暖水瓶
数字符合古典美学的要求：
左边七只右边两只

左边的七只里
有三只挤在角落里
靠近消防栓
还有四只一字排开
但相互之间距离不同
样子比那三只悠闲一些

右边的两只外壳一样
并排站着
靠近瓶口的地方刻着同一个人的名字

左右相距五步
大约三米

鼓楼广场

有一些河流
被不幸言中：死在路上
广场象一枚巨大的卵子
而风筝是游弋其中的精子
这城市充满了生殖的欲望
谁的母亲幸福地坐在广场中央
谁弯下腰去乞求怜悯……

引领的手死在沼泽里
"一对新鲜的乳房像两朵盛开的花朵"
没有比这更糟糕的比喻了
风带来黑夜
像带来春天一样……

2002 年 2 月 25 日

病孩子

四月
与日历同龄的孩子不满四个月
在忧伤的雾气里生病
灰色的漆包线缠绕一身药味
四月的病孩子
乖得像一枚咽进胃去的药片
静静分解……

四月适合写一首纪念的诗
一首二十年前的情歌和一处公园
与日历同龄的病孩子
反复触及一个男人的中指

2002 年 2 月 25 日

女研究生的早晨

女研究生的早晨像散开的头发
落下一些暧昧的气味
和可口的早餐
她在六楼的阳台上
凝望昨晚洗干净的胸罩
空气里开始弥漫复杂的电路图……

鱼

矩形、菱形和其他一些无聊的多边形
初中时候我曾经求过它们的周长和面积
对它们的各种性质了如指掌
现在它们囚禁我
在日益发朽的水里
我反对一些气体的泛滥
就越来越眩晕了……

午后两点半的阳光

一本奥斯丁的文集：《诺桑觉寺》
躺在午后两点半的阳光里
暗含了一枚木质的书签
一只塑料袋上写着："先锋书店 ——
大地上的异乡者"
一件橘黄色的甲克外套在它的腹部
扮演了它隐喻的角色
现在，十七岁的女中学生
在操场边活动她细嫩的手脚
午后两点半的阳光照耀着她的脸
和刚才提到的一切

人在江湖漂

十三岁那年
他和同学骑了两个小时的单车
去刑场看枪决犯人
当晚梦见光着身子的女人
第一次遗精

十八岁那年他已经和六个女人上过床
但为了丁小眉
他提着西瓜刀别着自制手枪
跑过六条街追杀南霸天

二十八岁他染上毒瘾
背着七条人命躲在害了性病的丁小眉家

刀子

月光是沉默在她碗里的最后一种水⋯⋯

我交给她三把刀子，三把不同用途的刀子：
一把砍伤我
一把修补我
一把结果我⋯⋯

一块木板

一块木板始终是一块木板
不是别的什么东西

一段巴掌长的生铁被螺丝固定在上边
说明它以前还是有些用途的
但现在你看它：
斜靠在墙角只是一块木板
任凭我盯着看了一晚上也没有变成
别的什么东西……

天堂

一个圣灵在思考怎样
把一句祈祷说得更淫荡一些
这条街走到尽头右拐是一座旧教堂
左拐是令人神往的妓院

这时候阳光在街上狠狠地闪烁了一下
空气中溢满了抽象的质感
黄昏时分他下班了
大步流星地走在街上，奔向空洞的黑暗
路过唱片屋和性保健品专卖店时
他目不斜视
最终将自己停泊在一个女人的怀里

他说：
"这才是我一生祈祷的天堂。"

在公园门口看见两只狗

我在雕塑公园门口看见两只狗
我望着它们
它们也望着我
我冲它们挤眼睛
它们也冲我挤眼睛
我冲它们叫了两声："汪汪！"
它们也冲我叫了两声："汪汪！"
我一下子糊涂了：
我找不出我和它们之间的差别来
直到他们开始旁若无人地在公园门口交配的时候
我只能一个人回到房间里写下这首诗

水深

这边沉默。这边空
涂满奶油的鹧鸪说：水深
这沉默的空被啄木鸟催促
你还可以窥望一只翠鸟
可怜的翠鸟将幸福的流逝隐忍
深水边的芦苇找不到尖叫的顶点

下半夜起有雾

下半夜起有雾
睡眠幸福地夭折
关于路况的报道频频：
"205 国道，三辆高速行驶的汽车追尾相撞……"

她不能怀揣这些石头离开房子
就象这些空气
一旦被黑色的石头替代
她就不能带走那些空气一样

下半夜的雾气缠绕她悲怆的孤独。

药

药扶着我的疾病一路狂奔

疾病击退了一切的欲望
而药将生命和疾病同时延续着
我热爱药。因为药给予我的才是真正的人生呵

我用自己独一无二的肠胃养育着药
这些伟大的药丸啊
它们在我的体内解散、奔赴四面八方
它们与所有的病毒展开激战
——我的身体是飞沙走石、流血漂橹的战场

大多数人的身体都是歌舞升平安乐祥和
只有以药为马的诗人才和我一样
如果你将耳朵贴在我的皮肤上
你可以听到短兵相接白刃翻飞的声音

天空

天空天空天空天空天空
另外一种耕耘
布满星光灿烂的记忆

好了
现在可以全部熄灭
不留一丝痕迹

以前的是一口破裂的水杯
现在充满辉煌的鸽子
和残酷的塑料花

写给流逝的

谁也没有看见：——
巨大的黑鸟随巨大的黑夜一道降临了！

在标营路，辛劳了一天的上班族买了一份晚报
勤劳干练的大排挡老板搭起了桌椅
老板娘高挽袖子，在"哗哗"地炒着螺蛳壳
理发店里身材高大的妇女还在喋喋不休地说自己的儿子
然后开始刻薄地骂卖菜的王老六太黑了

一切安详宁静
谁也没有看到黑色的夜带来了巨大的黑鸟！

川味酒家门口点起了辉煌的灯箱
酒瓶与酒杯相碰的声音十分悦耳
风吹过，带来路尽头瘸腿乞丐最后的呻吟
——他也该收摊休息了！
恋爱的人们开始涌向公园深处
更多的房间内亮起了灯，男人、女人以及小孩
开始了平凡而温馨的晚餐
他们身后，罗京和邢质斌正在播送新闻……

这是四月中旬的一个黄昏，平淡无奇

天气渐暖。人们腿去棉衣，格外清爽
没有谁注意到黑色的大鸟已经永恒地降临
最珍贵的流逝远不如平庸的生命……

雨，下了一天一夜

雨从下午三点零七分开始下
到黄昏华灯初上仍没有停
这是四月的江南
我花了整整一天的时间读完阿·米勒尔的书
十分冲动，想策划一次阴谋自杀
我只是在犹豫自杀之前
是否要去偷袭街对面开店的小兰

雨从黄昏六点零七分开始下
到深夜，街灯阑珊仍没有停
我在一扇落地玻璃窗里
犹豫一场生死抉择的阴谋
就象犹豫是否在临睡前
抽完烟盒里最后一跟烟……

雨从深夜十一点零七分开始下
到凌晨，一直没有停……

我所经历的爱情

在 S 城我曾拜访过一位女教授
当时她在艺校学音乐，年仅十九岁
但她确实是我见过的最伟大的教授
她研究的课题是如何
把世故扮演成纯真
把复杂扮演成简单
把龌龊的脏话扮演成美丽的诗歌
（像我现在一样，把一些大白话分行发表在报纸杂
志上混稿费）
这让我很着迷
那一整个夏天，我们在实验她的课题
场地是安静且浪漫的公园
她不施粉黛地坐在我身边，天真地说笑
除了亲吻，我不能对她有任何非分之想
我们讨论爱情、亲情和永远
我们的实验差点成了千古流传的爱情佳话
后来我花了一年的时间走出我们的实验
那时女教授已出国了
我想在那个缺乏爱情的国度
她的课题应该更加引人注目吧
此后我再也没有她的消息
也没有去过 S 城了

邮局

她坐在柜台深处拭弄她的头发
她从玻璃窗后边伸手拿过我的邮包
她的带着戒指的手指碰到邮包上我的名字
她画过的眉毛碰到我的目光
她说："这个一块五，这个九毛。"
我说："一共两块四。"
她面无表情地敲打着一把算盘
她说："两快四。"
她扔给我邮票和零钱
她把我的邮包扔在一辆推车上
她在深深的柜台那一边
对一个磁性男中音的主人没有兴趣
我走在下午四点半的街上
阳光一直在向我聚拢

寂寞

门打开了，一大群鸟飞进来
一大群拖着尾巴的鸟
像深夜十二点街上驶过的洒水车
喷洒绝望的羽毛

喝水的声音惊动了混凝土
它四十年的睡眠在墙皮里翻了个身
沉闷的声音贴着你的耳膜：
"我睡下的墓里，
活着一个自闭症的男人。"

你在黄昏想到鸟
你的眼睛里空空荡荡的……

镜子

时间带走的是更为广阔的空间
一个人的呼吸击倒秋天
年过七旬的生命
必须仰望暮色才得以安然入睡

或者，一切正好相反——

空间带走了更为广阔的时间
秋天击倒了一个人的呼吸
年过七旬的生命
必须安然入睡才可以仰望暮色……

死灰复燃

我要重新走在四月的刀锋上
带着伟大的时间，和
一股你不习惯的烟味
像那个不幸的同乡一样：
被分成了五截
春夏秋冬分完以后
天空获得了我孤独的灵魂
我就在宽阔的天空深处诡秘地笑
并且大声呕吐着空洞的气体
春天在云朵的另一端渐渐发烫的时候
有绳索在我的心脏上
勒出深深的血痕……

烧烤城里的新疆人和他的羊

凌晨四点钟的新疆人睡下了
被他砍杀的羊已经剥去了皮毛
现在也在案板上睡下了

外面呼啦啦地吹的是南方的夜风
新疆人不适应，蜷了一下身子
案板上的羊也在睡梦中翻了个身……

1990 年春天

1990 年春天，皖中平原的
油菜花一样开了谢，结饱满的籽。
堂哥从上海退学回村，静悄悄的
几乎没有人知道。第二天一早
他去县城的菜市场，做了鱼贩子
直到今天，还带着浑身的鱼腥味

那个春天，表哥关了在北京的
早点摊，也回到村里。
他在村口的树下，跟几个长辈打麻将
整盒地抽烟，大声笑着，说首都的见闻
赢了那几个老东西，很多钱

一个偶然的机会，他们在我的家门口相遇
攀谈了几句，不仅仅是客套
而我在门口的晒谷场上做作业
离得太远，听不真切
只是远远地望着，这两个来自大城市的哥哥

那一年的春天，特别美好
村子里前所未有地热闹
聚满了长久不见的年轻人

136

没有人知道，第二年的春天，一场洪水
淹了他们的农田。他们也再没有
那样聚在一起，说过话

大运河

我们在大运河边笑过
那天大雨初歇，有人在河边收网
船只载着湿漉漉的潮气从北方而来
又消失在茫茫雾霭里

我们在大运河边哭过
那天风平浪静，月影斑驳
逝去的岁月和兄弟在酒杯里浮现
我们对着午夜长空
连同我们的悲伤一起，渺小如蚁

我们在大运河边狂欢过
那天大雨如注，人物云集
我们干掉碗里的酒
仿佛年轻的时光又回来了
世界在眼前铺开一卷无尽的画

我们在大运河边相聚别离
生老病死。如今河水永逝
只留下我们在这里
将往事清洗，装订成册

金鸡湖

战事已经过去许多年头了
那个越国来的后母也随他人泛舟去了
故国山河无故事，只剩下这面湖水
忠孝节烈，都淹没在欢笑声里

千年后的前朝旧臣大约曾到过这里
并留下惺惺相惜的诗颂
旋即隐遁于江湖，试图不问世事
却终不免腰斩之苦

如今记忆如烟般散了
湖水大约也经了几世几劫
成了流浪在吴侬软语里的
悠远往事

孤独的图书馆

如果在深夜听到了雪落
一定是某本书被打开
过去的光阴如同密集的雪花
扑向土地

那么多的剧情跌宕
荡气回肠的爱情
惊世骇俗的拷问
曾把一具具活生生的肉体折磨得积毁销骨
如今油墨把它们挤压在
密不透气的书页里
不得翻身，只有回忆

它们肩并肩
永久地站在方寸之地
卑微，渺小，呆板
毫无生气。连书虫都懒得去啃食
只在偶然的机会里
被掸子拂过
发出一些沙沙的响声

图书在版编目（CIP）数据

晚宴／老刀著．—北京：中国青年出版社，
2016.9

（差别诗丛）

ISBN 978–7–5153–4480–5

Ⅰ．①晚…　Ⅱ．①老…　Ⅲ．①诗集—中国—当代
Ⅳ．①I227

中国版本图书馆 CIP 数据核字（2016）第 221487 号

丛书策划：王原君
责任编辑：彭明榜
书籍设计：胡力求　林业

中国青年出版社 出版 发行
社址：北京东四 12 条 21 号
邮政编码：100708
网址：www.cyp.com.cn
编辑部电话：（010）57350506
门市部电话：（010）57350370
北京科信印刷有限公司印刷　新华书店经销

889mm×1194mm　1／32　5.25 印张　108 千字
2016 年 9 月北京第 1 版　2016 年 9 月北京第 1 次印刷
定价：25.00 元

本书如有印装质量问题，请凭购书发票与质检部联系调换
联系电话：（010）57350377